U0134622

1

MBTI
愛情研究所

近年，全球各地，包括香港，都掀起了一股 MBTI 熱潮。無論是在學校或外出聚會，身邊的朋友很多都有玩 MBTI，連上到大學參加新生迎新營 Ocamp，玩 ice breaking 認識新朋友的時候，除了「報 status」（戀愛狀況），都會講起：「你有冇玩過 MBTI 呀？你係邊種人格呀？」。甚至，很多知名的韓國明星或組合都有玩 MBTI，例如 IU、NewJeans、BLACKPINK、金秀賢、金智媛、宋江等等。很多人更用它來做戀愛 matching！只要你試過就知道它的魔力有多強！

MBTI，全名是 Myers-Briggs Type Indicator，又叫「邁爾斯布里格斯性格分類表」或者「16 型人格測驗」。它是由美國作家布里格斯聯同女兒邁爾斯，以瑞士心理學家榮格在 1921 年出版的《心理類型》為基礎，深入研究出的性格分類測驗。現時，MBTI 亦被上至大公司（用作職業性向評估），下至坊間（用作做戀愛配對）採用。

MBTI 主要分類方式是 4 個維度的 2 分法，4 個維度包括能量態度（I／E）、資訊思維（S／N）、判斷思維（T／F）、反應態度（J／P），經過排列組合後產生 16 種不同的人格特徵，並且由每個維度開頭的頭一個英文字母組成測驗結果（例如 INFJ），可以基本上顯示每個人大概的性格特質與傾向。

E (Extroversion 外向)
重視外在世界，傾向透過他人互動中獲得動力和能量。

I (Introversion 內向)
重視內心世界，傾向透過自己從獨處中獲得動力和能量。

S (Sensing 實感)
用具體，客觀現實蒐集資訊，用實際經驗了解現況。

N (Intuition 直覺)
用抽象概念蒐集資訊，關注事情的背後和未來的意義。

T (Thinking 思考)
用理性、客觀的思維邏輯，透過分析，建立事件的因果關係。

F (Feeling 情感)
有同情心和同理心，透過共鳴建立人與人之間的關係。

J (Judgment 判斷)
重視結果，嚴謹的時間管理，運用系統性規劃事情。

P (Perception 感知)
運用多元性思維處理事情，隨機應變，重視過程。

16 型人格

富想像力和策略的
INTJ（建築師）

求知欲旺盛的
INTP（邏輯學家）

天生領導者的
ENTJ（指揮官）

打破規則的
ENTP（辯論家）

充滿使命感的
INFJ（提倡者）

充滿活力激情的
INFP（調停者）

永遠主角的
ENFJ（主人公）

充滿自由精神的
ENFP（競選者）

正直務實的
ISTJ（物流師）

忠誠熱情的
ISFJ（守衛者）

以身作則的
ESTJ（總經理）

慷慨可靠的
ESFJ（執政官）

創新實際的
ISTP（鑒賞家）

真正藝術家的
ISFP（探險家）

充滿影響力的
ESTP（企業家）

開心過好每一秒的
ESFP（表演者）

歡迎來到 MBTI 愛情研究所 喺呢度可以開始你嘅第二人生，喚醒你 嘅內在潛能和性格，灑脫咁面對真正嘅 自我，自由同盡情咁尋找適合你嘅另一 半，出 Pool 踏上新嘅 浪漫旅程，留低屬 於你哋嘅浪漫傳 奇故事！

MBTI 測試玩法

「命運二選一」分為 4 部分，
每部分有 7 條選擇題。

1. 請圈出每一條你認為最符合你嘅選擇
2. 在每部分的結尾寫低最多嘅選擇（A 或 B）
3. 在每部分的結尾寫低你最多嘅選擇嘅總數
（例：A/B，4～7）
4. 完成 4 部分答題後，根據指示完成最後列表
5. 最後根據你嘅選擇計算出最後總分（1 條 1 分）

記住！唔好諗太多，因為答案係無分對與錯，你只
需要以直覺快速揀選你認為最合適嘅答案，如果兩
個選擇都唔係你心目中嘅答案，請揀其中最接近你
心水嘅答案就可以。

你，準備好未？
準備好就……
START！

命運二選一

1. 當遇到問題時，我傾向從邊度找幫助？
A. 其他人
B. 靠自己

2. 當我參加朋友 Party 嘅時候，我會：
A. 因為太投入，往往到好夜，甚至最後先走
B. 活動未完已經覺得好攰，想返屋企

3. 情人節嘅時候，我會：
A. 同情人去有好多人同社交活動嘅地方慶祝
B. 同情人喺屋企過真正嘅二人世界

4. 當我拍拖嘅時候，我會：
A. 有好多嘢同另一半講同分享自己所見所聞
B. 做安靜嘅美少女，呢種感覺會比較舒服

5. 我多數係喺以下情況認識我嘅另一半：
A. 宴會、酒吧、工作上、休閒活動，或者普通朋友活動之間互相介紹
B. 私底下聯絡，例如約會，或者親密嘅朋友同親人介紹

6. 有得揀的話，我想擁有：
A. 很多普通朋友同親密朋友
B. 少數普通朋友同親密朋友

7. 以前或者而家嘅另一半都會話：
A. 你可唔可以靜少少？
B. 唔好咁宅啦～出去玩啦～

紅區選擇最多嘅係：A or B；分數：＿＿＿＿
1 條 1 分

命運二選一　　黃區

8. 我會用以下方式搜集資料：
A. 基於我對有可能發生嘅事嘅想像同期望
B. 基於目前實際嘅情況同認知

9. 我會傾向相信自己嘅：
A. 直覺
B. 過往嘅經驗同而家嘅觀察

10. 當我拍拖嘅時候，我會相信呢段關係：
A. 永遠都有進步嘅空間
B. 如果無咩大問題，可以唔使理佢，維持現狀

11. 當一段感情變得好穩定嘅時候，我會同另一半傾下：
A. 未來生活上嘅種種可能
B. 而家生活上實際或具體可以改進嘅地方

12. 我係鍾意：
A. 宏觀睇晒全個局面嘅人
B. 把握細節嘅人

13. 我係：
A. 相比現實，我寧願活喺我想像嘅世界中
B. 相比幻想世界，我更想活喺現實世界中

14. 當約會來臨嘅時候，我會：
A. 想像一大堆來緊嘅約會有可能發生嘅事
B. 諗嚟緊約會嘅事，但都希望佢可以自然咁發生

黃區選擇最多嘅係：A or B；分數：_____
1 條 1 分

15. 當做一個決定嘅時候，我會：
A. 先睇自己嘅心意，再睇邏輯
B. 先跟邏輯，再睇自己心意

16. 我比較容易察覺：
A. 身邊嘅人需要情緒支援嘅時候
B. 身邊嘅人唔合邏輯嘅時候

17. 當我同另一半分手嘅時候，我會：
A. 經常沉迷喺自己負面嘅情緒世界入面，難以抽離
B. 傷心，但都會下定決心同 EX(前度) 一刀兩斷

18. 當我選擇對象嘅時候，我會：
A. 偏向感性，表達自己嘅愛同對佢反應好敏感
B. 偏向理性，表示溝通嘅重要性，客觀討論問題

20. 我身邊嘅朋友會覺得我係：
A. 敏感同熱情
B. 有邏輯同明確有條理

19. 當我唔同意另一半意見嘅時候，我會：
A. 盡量照顧對方感受，如果講完會傷害到對方，我寧願唔講
B. 我會無保留咁直接講，因為啱就係啱，錯就係錯。

21. 當我同大部分人相處嘅時候會覺得：
A. 友好嘅，重要嘅
B. 有目的嘅

藍區選擇最多嘅係：A or B；分數：_____
1 條 1 分

命運二選一

22. 假設我有錢有時間去旅行,但朋友臨行前一日先約我,我會:
A. 必須要先 Check 下自己時間表
B. 即刻執行李準備好出發

23. 當另一半第一次約會就遲到嘅時候,我會:
A. 很不滿,好唔開心
B. 覺得無所謂,因為我自己都成日遲到

24. 我比較傾向:
A. 事先計劃好行程,去邊,有邊個參加,要點打扮
B. 唔需要有太多計劃,順其自然就好

25. 我嘅生活係不斷循環嘅:
A. 日程表 / 時間表
B. 有彈性,自然地發生

26. 以下邊樣會比較適合形容自己:
A. 我經常準時出席而其他人遲到
B. 其他人準時出席而我經常遲到

27. 我鍾意:
A. 下定決心並且好肯定地下結論
B. 對自己嘅選擇持開放態度,繼續找資料支持

28. 我鍾意:
A. 同一時間下只專注同一個工作直至完成為止
B. 享受同一時間下進行多項工作

綠區選擇最多嘅係:A or B;分數:_____
1 條 1 分

請根據每個區域最後嘅結果，重新填寫以下列表：

問題區域 / 選擇	A（分數）	B（分數）
紅區	E（　）	I（　）
黃區	N（　）	S（　）
藍區	F（　）	T（　）
綠區	J（　）	P（　）

分數：你所選擇（A/B）嘅總數，每一條一分（例：紅區選擇咗 4 個 A，就在列表中 E 旁邊的空格填 "4"）

請填低每個區域分數最高嘅英文字母：

你嘅 MBTI 結果：_____ _____ _____ _____（例：I N F J）
　　　　　　　　　紅　　黃　　藍　　綠

MBTI Test 總分

根據你的 MBTI 結果，將 4 個選擇中的分數相加

_____/28

22

16 ←—————→ 28

少　　　普通　　　最典型

從以上圖表可以睇得出你在同類人格入面係有幾典型。

MBTI 稀有度排名：第 3 位（佔 2%）

INTJ 建築師

INTJ

戀愛腦指數

1/10

性格簡介

INTJ 的人同時富有想像力和策劃能力，喜愛掌控全局。她們以能夠用思考能力識破人的虛偽、偽裝、造作為傲。她們的小腦袋就好像永恆發動機一樣不停運作分析，比較少休息。INTJ 的人不喜歡被人束縛，偏向追求自己的想法。另外，她們還有敏銳的觸覺，和令人開心發笑的諷刺幽默感。

你有幾 INTJ：

MBTI Test 總分：_____/28

22

16 ⟵ ⟶ 28

少 INTJ　　普通　　最典型

溫柔　心機　搞笑　矛盾　傲驕　浪漫

你可能會講：

我都估到係咁啦

講重點！

我咪一早就講過囉

講真

都OT

所以呢？然後呢？

其實你係：

要求高

需要多啲 me time

容易壓力大

強迫症

果斷

唔容易被人 fake

不拘小節

最容易被誤解

韓星代表：

娜恩（APINK）
銀赫（Super Junior）
頌樂（MAMAMOO）
Mina（TWICE）
留真（ITZY）
權志龍（G-DRAGON）

我鍾意：

喺公園一邊散步，一邊幻想

睇實用嘅書（關於學術．技能等等）　　行書店

睇科幻．懸疑．偵探嘅戲　　戶外活動．例如行山

參觀有歷史氣息嘅博物館

最夾人格
TOP 3 **ENTP**

難追指數 3/5 ● ● ● ○ ○

原因：

直覺思維模式

鍾意探索新事物

對理論或抽象概念有興趣

試吓約佢去玩密室逃脫

邀請佢一齊去聽音樂會

間唔中同佢「辯論」下，加深大家嘅感情。

多啲讚佢同鼓勵佢：加油～💪 OPPA。

無太 chur 同太痴身，俾啲空間佢。

有咩方法可以吸引到佢（ENTP）？

18

最夾人格 TOP 3 ENTJ

原因：

- 事業心重
- 愛情當中嘅低敏感族
- 需要高質嘅 me time

有咩方法可以吸引到佢（ENTJ）？

唔好直接駁佢嘴，俾啲時間佢消化下。

唔好太 chur 佢，要俾啲空間佢。

可以花啲心思氹佢，例如整個蛋糕（DIY）俾佢食。

有時需要坦白啲、直接啲同佢講。👊✌️

19

最夾人格 TOP 3 ENFP

難追指數 1/5 ● ○ ○ ○ ○ ○

原因：

INTJ 嘅理性和冷靜可以平衡到佢嘅情感和衝動

佢嘅熱情同創造力可以激發你嘅想像力同冒險精神

你哋可以喺各自嘅強項作出互補

有咩方法可以吸引到佢（ENTP）？

少啲反駁佢，多啲聆聽同理解佢嘅觀點。

多啲了解同欣賞對方觀點（互相理解同妥協）

因為你哋之間性格差異比較大，溝通好關鍵，唔好收收埋埋。

約佢一齊去旅行叉叉電，散散心。

原因：

生活習慣同價值觀有好大差別

兩者關係會因 INTJ 懶得表達而出現問題

INTJ 會忽略對方重視嘅細節位

拒絕 ISFJ 嘅方法：

因為 ISFJ 本身唔太識拒絕人，所以千祈唔好要求佢為你額外做多餘嘅，否則容易令佢誤會。

ISFJ 會好鍾意幫人，所以要避免同佢有曖昧行為。

ISFJ 好怕醜同情緒豐富，如果真係令佢誤會，就早啲婉轉地同佢解釋清楚，唔好扮無嘢發生過。

最唔夾人格
TOP 3 ISFP

原因：

都比較內向，缺溝通。

截然不同嘅認知模式容易導致誤解同衝突（INTJ：內向直覺（NI），外向思維（TE）；ISFP：內向情感（FI），外向感覺（SE)）。

INTJ 會覺得 ISFP 唔合邏輯，太情緒化。

拒絕 ISFP 嘅方法：

早啲講，唔好拖，長痛不如短痛。

唔好隨便俾承諾 ISFP

需要婉轉啲拒絕 ISFP

最唔夾人格 TOP 3 ESFP

原因：

INTJ 會覺得 ESFP 懶散・貪玩・思想太簡單・太膚淺。

生活方式和價值觀有嚴重分歧（ESFP 注重當下感受；INTJ 重視獨立思考・策劃執行長期計劃）

拒絕 ESFP 嘅方法：

直接 Say no 同表達不滿情緒（因為 ESFP 男對情感好敏感）

多啲講好正經嚴肅・需要負責任嘅野（ESFP 男最怕）。

MBTI 稀有度排名：第7位（佔4.3%）

INTP 邏輯學家

INTP

戀愛腦指數

1/10

性格簡介

INTP 的人幾乎不會停止思考，小腦袋裡充滿了各種想法。她們有很強的洞察力和好奇心。性格比較內向的她們，內心世界隨時都會有「情緒小劇場」上演，有機會是全方位辯論大賽。在外人眼中，會覺得她們可能在發白日夢，但她們可能只是在思考人生？總之，不要企圖用低級的謊言去欺騙她們，否則到最後自食苦果，被騙得懷疑人生的隨時會是你。

你有幾 INTP：

MBTI Test 總分：_____/28

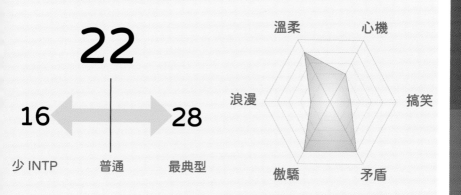

22

16 ←——————→ 28

少 INTP　　普通　　最典型

溫柔　心機　搞笑　矛盾　傲驕　浪漫

你可能會講：

好煩　　等陣先　　點解嘅？

無點解，就係唔想。　　真咩？

理論上　　我自己會搞掂

其實你係：

少拖延症　　文靜嘅好奇寶寶

鍾意獨來獨往　　唔鍾意太痴身

鍾意有挑戰性　　冷靜講道理

經常發白日夢　　完美主義者

韓星代表：

朱汪　　Sakura (LE SSERAFIM)　　輝人 (MAMAMOO)

Hoshi (SEVENTEEN)　　安孝燮

我鍾意：

睇幻想小說或者哲學書

玩策略類型嘅 games

跳舞

同諗野快嘅人相處

瞓覺

一個人自由自在做嘢

最夾人格
TOP 3

INFJ

難追指數 5/5 ● ● ● ● ●

原因：

動靜皆宜

相處起嚟會輕鬆自在

因性格幾夾而會有好多共同興趣
（試吓一齊發掘下）

執靚啲個樣，衣着打扮得 firm 啲（因為
INFJ 好重視 first impression）。

多啲同佢分享你嘅想法同觀點
（因為佢哋鍾意有內涵嘅人）

多啲向佢展現你溫柔體貼同關懷嘅
一面，例如 DIY 生日蛋糕比佢。

遇到阻滯，千祈唔好太燥底或者太 chur。

INFJ 喺呢方面比較慢熱，多啲邀請佢
出街玩，慢慢聯絡感情，唔好太進擊。

有咩方法可以
吸引到佢（INFJ）？

最夾人格
TOP 3 **ENTJ**

難追指數 3/5 ● ● ● ○ ○

原因：

性格互補（INTP 嘅高洞察力同創新，配合 ENTJ 嘅高執行同決策能力）。

同樣熱衷探索新嘅想法同概念

鍾意互相挑戰 PK（思維上）

多啲同佢討論吓時事，分享你嘅獨特觀點。

同佢講吓你未來嘅計劃或者抱負係點

帶佢一齊去睇歷史類型嘅紀錄片或者博物館

講嘢直接啲，唔好轉彎抹角。👊🤞

有咩方法可以吸引到佢（ENTJ）？

29

最夾人格 TOP 3 ENFJ

難追指數 2/5 ● ● ○ ○ ○

原因：

令 INTP 有機會探索自己嘅情感世界．ENFJ 又可以喺邏輯思維下成長。

ENFJ 帶俾 INTP 情感智慧同溫暖

INTP 帶俾 ENFJ 知識深度同分析力

有咩方法可以吸引到佢 (ENFJ)？

食完一齊喺星光下散步

邀請佢一齊去參觀畫廊（文化主題）

有機會的話．親自下廚煮一餐愛心燭光晚餐佢食。

寫封情書俾佢

原因：

INTP 好難同 ISFJ 建立聯繫。

INTP 嘅理論本質同 ISFJ 嘅重視實際、細節形成強烈對比，需要好大嘅努力先有機會彌補呢個「鴻溝」。

拒絕 ISFJ 嘅方法：

從一開始就無視佢，唔好俾機會佢 FF。

如果真係令佢誤會咗，就早啲婉轉解釋清楚，例如派好人卡。

最唔夾人格
TOP 3　ESFP

原因：

INTP 性格比較靜同內向，唔太習慣表達自己情感，偏偏比較情緒化同嘈嘅 ESFP 難以明白 INTP嘅溝通模式。

趁大家唔熟之前提早表明
（例：師兄，HI~Bye~）

唔好同佢講太多自己私底下
嘅嘢或者心事

從一開始就應該避免同佢有
太多同場活動或者交流

拒絕 ESFP 嘅方法：

原因：

INTP 會覺得 ESFJ 太傳統同死板，太過以大局為重。

可以試吓粗魯啲

表現得懶散啲

態度敷衍啲

拒絕 ESFJ 嘅方法：

MBTI 稀有度排名：第 2 位（佔 1.7 %）

ENTJ 指揮官

戀愛腦指數

1/10

性格簡介

ENTJ 是天生的領導者。大膽、自信、決心、有魅力，都可以說是 ENTJ 的代名詞。在她們身上可以見識到，怎樣果斷精確地用有限的時間及資源去實踐她們的計劃。ENTJ 是非常理性的人，大多數情感方面的表現都會被她們視為軟弱。太理性，或者可以是她們的優點，但在情侶關係上，她們喜歡充當主導者，頗有點 control freak（控制狂）的傾向。

你有幾 ENTJ：

MBTI Test 總分：＿＿＿＿＿/28

22

16 ←——|——→ 28

少 ENTJ　　普通　　最典型

溫柔　心機
浪漫　搞笑
傲驕　矛盾

你可能會講：

然後呢？　我建議…　唔使解釋！

你都可以咁做㗎　　快啲～

唔好跳時間　　直接講・咩事？

其實你係：

Work hard・play hard

完美主義者　　控制狂

重視承諾　　霸道總裁　　無耐性

超級神隊友　　氣場強大

韓星代表：

呂珍九

Key (SHINee)

金旻奎

Minji Newjeans

梁洪碩 (PENTAGON)

我鍾意：

行 M+ 博物館

睇關於嘢食嘅紀錄片

露天運動（例如踩單車）

學外語（例如日語・韓語）

去 party

睇關於心理學嘅書

最夾人格
TOP 3 **INTJ**

難追指數 5/5 ● ● ● ● ●

原因：

理性主義者

注重效率同目標

生活方式好接近，能夠理解大家諗法。

約佢去睇關於懸疑推理嘅戲

約到佢之後記得守時，守時，守時！

儀式感好重要，幫佢慶祝生日要好好 plan。

做番最真嘅你，唔好扮。

對住佢要熱情啲

有咩方法可以吸引到佢（INTJ）？

38

ENFP

難追指數 1/5 ● ○ ○ ○ ○

原因：

欣賞佢嘅熱情同創造力

增添自己嘅自發性

同樣有抱負同目標導向

要保持神秘感,逐步透露關於你自己嘅嘢。

多啲讚佢,但要真心,
唔好太隨便,太敷衍。

同佢一齊去 party 嘅時候,話
題可以隨住佢嘅興趣去傾。

邀請佢一齊參加大家都有興趣嘅義工。

吸引到佢 (ENFP) ?
有咩方法可以

最夾人格 TOP 3 INFP

難追指數 4/5 ● ● ● ● ○

原因：

可以平衡到 ENTJ 比較好勝要強嘅愛情觀

比較尊重人意見

性格平和

夠包容

表現得活潑啲，適當時候要 show 到你對佢嘅佔有慾（呷醋）。

令佢知道佢喺你心目中係好重要，例如推晒其他嘢，果一日就只係約佢。

諗辦法令佢覺得你哋好有緣份，例如有共同興趣愛好（嘢食 / 活動 / 三觀）。

耐唔耐要扮吓唔開心，激發佢主動關心你同想保護你嘅慾望。

有咩方法可以吸引到佢（INFP）？

原因：

ENTJ 太注重目標，而 ISFJ 太注重過程同情感細節。

ENTJ 直來直去，快速 KO 問題；ISFJ 好溫和，鍾意好穩陣咁處理問題。

拒絕 ISFJ 嘅方法：

一開始就唔好應約，避免佢 get 錯你對佢有意思。

如果佢直接同你表白，更加要婉轉的拒絕佢。

最唔夾人格 TOP 3　ESTJ

原因：

性格太相似，當兩個人都係帶有強烈個性走埋一齊，會好容易發生火星撞地球事件，好難喺中間搵到和諧。

拒絕 ESTJ 嘅方法：

表現得冷漠或者懶得理佢，佢自然會覺得你係變相拒絕佢。

如果係無得揀要一齊參加嘅朋友活動，可以扮遲到。

直接拒絕佢

原因：

ENTJ 凡事鍾意諗咗再計劃好先，但 ISTP 就鍾意簡單、直接，唔想諗太多，親身去解決問題。所以兩者之間好難取得平衡。

拒絕 ISTP 嘅方法：

同樣簡單，認真，直接拒絕佢。

MBTI 稀有度排名：第 6 位（佔 3.8 ％）

ENTP 辯論家

戀愛腦指數

3/10

性格
簡介

機智膽大的 ENTP 在任何時候都會有話直說。性格比較反叛，覺得沒有什麼是不可以被質疑，審視和打破的。Break the rules 對她們來說很平常。雖然真理是越辯越明，但有時候跟人爭辯都是需要付出情感上的代價。因為不是每個人都明白 ENTP 大多時候只是針對事而不是針對人。所以 ENTP 記得在提出質疑的時候，要注意場合和分數，千萬不要好心做壞事呀～

你有幾 ENTP：

MBTI Test 總分：_____/28

22

16 ⟷ 28

少 ENTP　　普通　　最典型

（只對熟悉的人）

溫柔　　　心機

浪漫　　　　　　搞笑

傲驕　　　矛盾

你可能會講：

點解嘅？　　不愧係我　　關我咩事？

講真～我覺得……　　我真係好

無所謂啦～　　咁好公平呀

其實你係：

無論有冇拍拖，私人空間最重要

花心係本能，
忠心係選擇　　　　細路仔脾氣

渴望被理解　　容易分心　　高 EQ

外熱內冷　　　鍾意新鮮感

韓星代表：

李泳知

陸星材（BTOB）

金世正

Jessi

基賢（MONSTA X）

我鍾意：

同 friends（幾個）出街玩・傾吓計

睇科幻電影（關於未來）　　露天運動（例如踩單車）

玩刺激嘅活動（例如機動遊戲）　　玩推理遊戲

DIY 類型嘅手工製作

最夾人格 TOP 3　INFJ

難追指數 5/5 ● ● ● ● ●

原因：

自信忠誠嘅 ENTP 會被神秘又多諗法嘅 INFJ 吸引

兩個人一齊個時會變得更靈活，更自在，有默契。

最識關心人，讚賞人嘅 INFJ 係最吸引渴望被理解嘅 ENTP。

有咩方法可以吸引到佢（INFJ）？

同佢相處嘅時候可以主動啲，熱情啲

多啲發表你嘅 idea（零碎都 ok），成為具非凡創造力嘅 INFJ 嘅靈感女神

精心設計一個一日遊嘅行程，只要你認真付出，佢係會 feel 到

邀請佢一齊睇一套發人深省嘅戲，或者係去聽演唱會

48

最夾人格 ENTJ
TOP 3

難追指數 3/5 ●●● ○ ○

原因：

ENTJ 嘅自信、組織能力同野心可以激發到 ENTP 嘅創造力。

兩個同樣充滿激情同活力

共享嘅直覺思考功能可以令佢哋互相理解

有咩方法可以吸引到佢 (ENTJ)？

約佢去做啲你最叻嘅O野，因為佢哋最鍾意優秀人

親手整個蛋糕或其他甜品俾佢（記得送個時要表明係你親手整）

邀請佢食 dinner，期間可以試吓 deep talk，多啲深入傾下計

邀請佢睇啲現場嘅音樂表演，例如 busking

最夾人格 TOP 3 ESTP

難追指數 3/5 ● ● ● ○ ○

原因：

外向同有行動力嘅 ESTP 會為 ENTP 增加生活刺激

兩個性格係互動關係，更容易可以持久。

可以一齊分享對興奮同冒險嘅熱愛

有咩方法可以吸引到佢（ESTP）？

ESTP 係外協（外貌協會），所以你真心要好好打扮自己

約佢去貓 café show 下你嘅愛心

可以邀請佢一齊參加你擅長嘅運動（例如羽毛球🏸）

一齊去迪士尼玩刺激機動遊戲

原因：

因性格差異，會好難互相理解
同協調佢哋之間目標同計劃

好難互相妥協同說服對方

ENTP 覺得 ISFJ 固執，
強調細節同傳統好煩；
ISFJ 覺得缺乏計劃同堅持

拒絕 ISFJ 嘅方法：

唔好俾不必嘅遐想
佢，令佢誤會

如果真係令佢誤會，
可以婉轉拒絕，態度
要認真啲

最唔夾人格
TOP 3 **ESFJ**

原因：

ENTP 亦難以給予 ESFJ 肯定同讚賞

ENTP 好難理解 ESFJ

ESFJ 好難滿足 ENTP 情感上嘅需求

拒絕 ESFJ 嘅方法：

ESFJ 鍾意從幫人之中獲得滿足感，所以無必要的話就唔好接受 ESFJ 嘅幫助

ESFJ 都比較注重傾計時候嘅小細節，心思細膩，不妨試吓放啲 signal 俾佢

原因：

當 ENTP 嘅辯論心態遇上 ESTJ 嘅強勢性格，兩者之間只會時刻充滿火藥味。

每次佢想幫你嘅時候，應該要拒絕佢嘅好意，有需要再算

拒絕 ESTJ 嘅方法：

如果佢約你，你可以先多謝佢，然後再禮貌地強烈認真地直接拒絕佢

MBTI 稀有度排名：第1位（佔1.4 %）

INFJ 提倡者

戀愛腦指數

3/10

性格簡介

作為 16 型人格最稀有的代表，INFJ 是心思細膩，有遠見，善於聆聽，為人著想的理想主義者。有一股向善的力量推動住她們去追求自己的目標和抱負。創造力、洞察力、想像力、敏感度、同理心都是INFJ 的代名詞。在情感上，INFJ 很重情，內心亦充滿熱情，又容易感動，所以就算她們的性格比較感性內向，都會給人一種很有感染力的感覺。

你有幾 INFJ：

MBTI Test 總分：_____/28

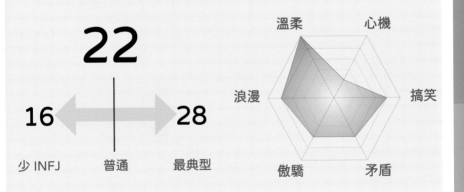

22

16 ←→ 28

少 INFJ　　普通　　最典型

溫柔　心機　搞笑　矛盾　傲驕　浪漫

你可能會講：

笑死～

算喇～

我覺得……

大概…… 可能……
應該……

都可以呀～

哦～

無所謂～

都幾好呀，你話事

其實你係：

不輕易付出，但一付出就會 100% 投入

怕受傷

擅長偽裝自己

高敏感族

第六感超準

好矛盾

單戀達人

易感動

韓星代表：

IU
車銀優 (ASTRO)
太妍 (少女時代)
宋慧喬
南柱赫

我鍾意：

- Me time 放空自己／冥想
- 約人食 tea 傾下計
- DIY 整藝術品
- 寫作或者寫日記
- 安靜嘅夜晚睇一套有 meaning 嘅戲
- 烘焙 (整蛋糕或者曲奇)
- 做義工幫有需要嘅人

最夾人格
TOP 3 **ENTP**

難追指數 3/5 ● ● ● ○ ○

原因：

當兩個人相處個時，好易有默契，包容之中可以更自在。

兩者性格容易產生互補，成為最合拍情侶。

兩個人嘅獨特觀點，創新思維，互相激勵支持，會令佢哋個關係更持久。

有咩方法可以吸引到佢（ENTP）？

一齊去行未行過嘅行山路線

主動啲約佢，第一次就算係約佢去食個 tea，成功率都會好高。

可以約佢去睇大家都鍾意嘅演唱會或者音樂會

約佢一齊去玩逃脫密室 / 劇本殺

最夾人格
TOP 3 **ENFP**

原因：

容易產生信任同認同嘅心理

容易有共同語言同話題

容易有相同嘅觀點同睇法

有咩方法可以吸引到佢（ENFP）？

約佢去睇啲你認為比較奇特
嘅景點或者博物館

約佢去露營～圍住營火講故仔
（可以係鬼故🤫）～

約佢去睇日落·順便可以
deep talk 吓。

邀請佢參加啲特別嘅繪畫製作

最夾人格
TOP 3 **INFP**

難追指數 3/5 ● ● ● ○ ○

原因：

都具有強烈嘅個人
價值觀同道德觀

因性格相似而有
好多相同話題

同樣有同理心，
重視和諧。

有咩方法可以
吸引到佢（INFP）？

有「營養」嘅深入討論，話題可以從
小說、電影、社會時事或佢嘅興趣。

多啲關心佢，例如同佢傾下計、整個
愛心曲奇或朱古力俾佢等等。

約佢嘅時候盡量係二人世界，避免
係一大班朋友嘅 party 活動。

要有足夠嘅耐心

原因：

溝通方式差異：INFJ 比較含蓄間接、重視深度對話、情緒表達；ESTP 則是外向果斷、直接了當、實際行動。

價值觀差異：INFJ 崇尚理想主義、人際關係；ESTP 注重現實主義、邏輯與行動。

相處模式分歧：INFJ 偏向有深度和意義嘅連結，重視親密感和共鳴；ESTP 相反地傾向重視務實、當下體驗和實際結果。

如果佢想約你，可以用「我想自己一個人靜吓」拒絕佢。

直接同佢講你對佢無意思

表示對佢提議嘅刺激活動無興趣

拒絕 ESTP 嘅方法：

最唔夾人格
TOP 3 ESFP

原因：

INFJ 鍾意有自己嘅 me time，ESFP 係完完全全嘅社交動物。

ESFP 鍾意無計劃地周圍去玩，同 INFJ 完全相反。

INFJ 會覺得 ESFP 有過度活躍症，好嘈，對得多會令自己好趷。

拒絕 ESFP 嘅方法：

禮貌拒絕佢嘅一切邀請

表現得對佢好冷淡

原因：

性格不合：INFJ 會覺得 ISTJ 太過虛偽、缺乏情感： ISTJ 比 INFJ 更注重現實和實際行動。

兩者一有衝突，ISTJ 往往好難同 INFJ 抗衡或者理解佢。

拒絕 ISTJ 嘅方法：

ISTJ 一般比較保守，缺乏熱情同主動，所以同佢保持距離就可以。

MBTI 稀有度排名：第 5 位（佔 3.1 %）

INFP 調停者

INFP

戀愛腦指數

6/10

性格簡介

INFP 經常被喻為外冷內熱的溫柔理想主義者。表面冷漠，實質內向與怕羞😊。但如果有相同的興趣愛好或話題，她們會向你展現內在熱情的一面。INFP 的女生雖看似主張和諧，但她們亦有自己的一套價值觀與堅持。她們注重感情，很在乎另一半的意見和看法，但卻不輕易展露自己的情感，比較被動。但又對身邊的人和事特別敏感，多愁善感。簡單來說，就是很有原則，容易胡思亂想。

你有幾 INFP：

MBTI Test 總分：＿＿＿＿＿/28

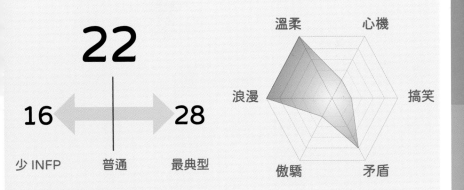

22

16 ←→ 28

少 INFP　　普通　　最典型

溫柔　心機
浪漫
傲驕　矛盾　搞笑

你可能會講：

睇你～隨便～

好 99 ♪

慢慢嚟啦～

算～都已經趕唔切～聽日先算～

好煩啊～

無事嘅～

之後先啦～

其實你係：

容易戀愛大過天

戀愛腦

容易被情緒勒索

容易孤單

安靜又可愛

社恐

鍾意瞓覺😴

內心戲豐富

66

韓星代表：

路暈
Jennie (BLACKPINK)
S.COUPS (SEVENTEEN)
舒華 ((G)I-DLE)
DK (SEVENTEEN)

我鍾意：

睇書（從人物傳記到奇幻小說）　　學一門外語

親身體驗嘅義工活動　　睇戲（魔幻史詩奇幻片）

藝術（繪畫、素描、民謠到搖滾音樂）

攝影　　寫作（可以係非小說、便箋、日記故事）

最夾人格
TOP 3 **ENFJ**

難追指數 2/5 ● ● ○ ○ ○

原因：

INFP 幫助 ENFJ 與其他人建立情感和同理心

提供支持的建議，令 INFP 更容易表達想法和情感。

ENFJ 擅長組織領導，可以幫助 INFP 啟發創造力，更有效達成目標。

有咩方法可以吸引到佢（ENFJ）？

可以喺佢面前盡量表現得柔弱啲，俾機會佢保護吓你。

約佢一齊去觀星，做義工，參加藝術興趣班

約佢去飲杯咖啡，多啲關心吓佢近況，噓寒問暖。

多啲讚佢嘅優點～

最夾人格 TOP 3 ENTP

難追指數 2/5 ● ● ○ ○ ○

原因：

性格互補不足：一個係沉穩有同理心；一個係活躍兼邏輯清晰。

都同時富有創造力和想像力，熱愛生活，啱 channel。

都有豐富感受同激情嘅內心世界

吸引到佢（ENTP）？有咩方法可以

平時可以一齊玩吓嘅考 IQ 嘅益智遊戲

再約佢去離島一日遊

先約佢去主題公園（迪士尼 / 海洋公園）一日遊

最後終極約佢一齊去外國旅行

最夾人格 TOP 3 INTP

難追指數 4/5 ●●●●○

原因:

互補性格：INTP 嘅冷靜清晰：INFP 嘅細膩柔軟。

都擁有敏銳嘅智慧同豐富嘅想像力

能夠真誠坦率地溝通，從而建立關係。

有咩方法可以吸引到佢（INTP）？

可以約佢做義工（可以係動物義工）

INTP 鍾意動腦，可以約佢去睇一套偵探題材嘅戲。

INTP 興趣比較多，可以平時留意吓，再投其所好。

要有自己嘅審美觀，約佢之前要打扮吓。

原因：

與 INFP 完全相反嘅社交風格、溝通方式、價值觀

INFP 無辦法喺對方身上獲得情感支援

一個係直接坦白，一個鍾意轉彎抹角。

拒絕 ESTJ 嘅方法：

佢亦太自我，有機會無咁易放棄，但你態度要認真啲，決絕啲，企硬無視佢。

佢唔太識表達自己，所以你對佢無意思的話，可以直接拒絕佢。

ESTJ 太在乎自尊心，可以私底下拒絕佢。

最唔夾人格
TOP 3　ISFJ

原因：

ISFJ 鍾意喺生活細節尋找快樂；INFP 鍾意放飛自己出去找快樂，兩者容易出現矛盾。

ISFJ 嘅「愛係需要持續輸出」嘅愛情觀會令 INFP 備受壓力。

同 ISFJ 唔同，INFP 傾向熱愛自由，鍾意有自己嘅私人空間。

拒絕 ISFJ 嘅方法：

ISFJ 比較在意其他人睇法，所以如果佢係私底下同你表白，你亦可以私底下直接拒絕。

ISFJ 對情緒察覺好敏感，所以只要你平時對佢冷淡啲，唔好太熱情就 OK。

ESTP

原因：

熱情開朗、帶強烈社交需要嘅 ESTP 好難同有豐富內心世界嘅 INFP 建立到溝通橋梁，更加難進入對方內心世界。

性格反差極大嘅兩位，只會越嚟越難理解對方。

ESTP 本身唔太識拒絕人，所以你有咩事都盡量搵其他人幫，唔好令佢誤會。

拒絕 ESTP 嘅方法：

MBTI 稀有度排名：第 4 位（佔 2.4 ％）

ENFJ 主人公

ENFJ

戀愛腦指數

8/10

性格簡介

ENFJ 是最為人著想的，只要身邊的親朋好友有需要，她們都會盡量去照顧。充滿熱情和正能量的她們經常會鼓勵身邊的同伴。事實上，是因為她們過度渴望得到來自他人的認同，也因此在付出的過程中，往往忽略了自己的感受和情感。在愛情路上，更渴望一段長遠而穩定的關係，並在確立關係後會全心全意地付出。但因為她們平時「太好人」、不懂拒絕人、又太顧及他人感受的關係，也會經常吸引很多「狂蜂」纏身。

你有幾 ENFJ：

MBTI Test 總分：＿＿＿＿＿/28

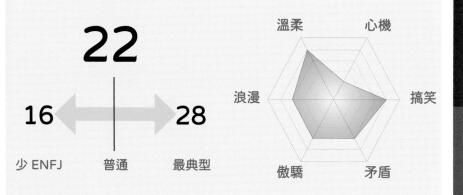

22

16 ←———|———→ 28

少 ENFJ　　　普通　　　最典型

溫柔　心機　搞笑　浪漫　傲驕　矛盾

你可能會講：

盡咗力就好　　笑死~　　辛苦晒喇~

我覺得你應該……　　你做咩啊？　　加油啊~

你還好嗎？　　我無事・唔使擔心~

其實你係：

口硬心軟　　容易 feel 到人哋嘅情緒

好識照顧人　　對方嘅意見只係參考

會隱藏自己感受　　鍾意被依賴

需要被尊重　　努力付出型

韓星代表：

宋仲基

珉奎 (SEVENTEEN)

Minnie ((G)I-DLE)

雨琦 ((G)I-DLE)

JooHoney (Monsta X)

我鍾意：

做義工（幫助弱勢社群）

煮嘢食

玩 board games

約朋友周圍掃街

睇西方電影（例如 Inside out）

冥想

參觀藝術館 / 畫廊

最夾人格
TOP 3   INFP

難追指數 4/5 ● ● ● ● ○

原因：

價值觀同埋平時行為
方式好相似

溝通方式高度一致
（啱 channel）

一樣都係關注人與人之間嘅關
係，促進彼此互相理解。

有咩方法可以吸引到佢（INFP）？

一齊去一門大家都有興趣嘅外語
（例如日文或韓文）

睇吓有無邊啲藝術興趣班
一齊同佢參加

約佢一齊去睇套史詩式魔
幻巨作嘅戲

邀請佢一齊落區參加義工服務

ISFP

難追指數 2/5 ●● ○○○

原因：

敏感感性，願意奉獻付出嘅 ISFP
可以促進到大家之間嘅正能量。

互相之間做到自由情感表達，互相
理解扶持，保持到穩定嘅浪漫關係。

大家可以好融洽相處

有咩方法可以
吸引到佢（ISFP）？

週末可以一齊去行吓山，再食個 Tea。

再約佢去離島一日遊

約佢睇大家都鍾意歌手演唱會

最後終極約佢一齊去外國旅行

最夾人格
TOP 3 **ESFP**

難追指數 1/5 ● ○ ○ ○ ○

原因：

會互相關注，互相讚賞，尊重彼此興趣愛好。

一樣會明確表達自己嘅感情

一樣有浪漫本質，容易互相吸引到對方。

有咩方法可以吸引到佢（ESFP）？

約佢去參加一場氣氛熱烈嘅演唱會 / 音樂會（例：Waterbomb）

可以約佢做義工（可以係動物義工）

如果係暑假，就緊係一齊去夏水禮啦～

要有自己嘅審美觀，約佢之前要打扮吓。

原因：

喺浪漫層面上，ESTJ 注定同 ENFJ 唔啱 channel。

精神層面唔同步

生活方式唔夾

拒絕 ESTJ 嘅方法：

對住太自我中心嘅 ESTJ，拒絕要明確、決絕、堅定。

唔好喺其他人面前直接拒絕佢，可以私下拒絕佢。

如果佢想送嘢俾你，千祈唔好收，否則後果自負。

最唔夾人格 TOP 3　ISTJ

原因：

相處落會容易覺得性格不合：
ISTJ 覺得 ENFJ 情緒化：
ENFJ 覺得 ISTJ 滿足唔到
佢情感需求。

拒絕 ISTJ 嘅方法：

ISTJ 本身份人比較內斂，令人
覺得有距離感，所以可以繼續同
佢保持距離，證明你對佢無興趣。

當你拒絕佢嘅時候，佢有機會會逃避問題，所
有唔需求當場同佢解釋太多，直接拒絕完之後，
保持距離，俾時間佢自己認清事實真相。

原因：

無法即時察覺同照顧到 ENFJ 嘅敏感情緒，容易令大家之間平時嘅小問題發展成大衝突。

難以溝通同了解彼此嘅諗法同觀點

太傳統觀念、太現實主義嘅 ISTP 提供唔到深厚又充滿激情嘅感情俾 ENFJ。

拒絕 ISTP 嘅方法：

ISTP 往往係 3 分鐘熱度，只要你一開始拒絕佢，再無視佢，令佢自討沒趣，等時間長咗自然會自動消失。

MBTI 稀有度排名：第 10 位（佔 8.1 %）

ENFP 競選者

ENFP

戀愛腦指數

10/10

性格簡介

ENFP 對人生充滿夢想，喜歡探索未知的事物。她們的座右銘是「心動，不如行動」，是百分之百的行動派。真實而不造作的性格令她們身邊總是圍著不少朋友仔。尤其在愛情世界中，這種獨有的魅力更能帶給另一半一種另類的關心和安全感。從彼此聊天中，容易令大家平凡的生活也變得充實精彩。熟悉之後，你會發現她們藏著一個有趣的靈魂。

你有幾 ENFP：

MBTI Test 總分：＿＿＿＿＿/28

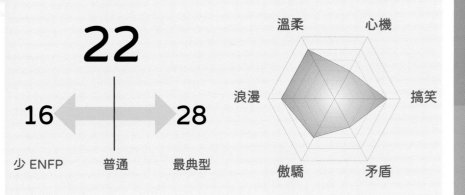

22

16 ⟵ ⟶ 28

少 ENFP　　普通　　最典型

溫柔　　心機

浪漫　　　　　搞笑

傲驕　　矛盾

你可能會講：

我一早知O啦

好O野～

我知你得嘅～

我覺得呢個世界無
嘢係無可能囉

真咩？

好無聊～

無咁悲觀啦

最緊要開心～

其實你係：

容易呷醋

唔鍾意被批評

浪漫主義者

儀式感好重要

容易感情疲勞

我行我素

異性緣很好

分享慾好強

韓星代表：

Rosé (BLACKPINK)
Sana (TWICE)
Karina (aespa)
Lisa (BLACKPINK)
Vernon (SEVENTEEN)

我鍾意：

做義工（被遺棄小動物貓咪🐱🐶）

發白日夢

旅行食好西

去貓 café

去一個安靜嘅地方野餐 / 睇書

睇話劇或電影（要有劇情，人物性格鮮明，關係複雜）

最夾人格 TOP 3 INFJ

難追指數 5/5 ●●●●●

原因：

> 互相可以提供心靈上嘅 Support

> INFJ 能夠深入理解 ENFP 內心世界嘅情感同想法

> 多個領域都帶共同興趣同觀點，容易產生認同感。

有咩方法可以吸引到佢 (INFJ)？

> 追 INFJ 係需要時間同耐性，唔好諗住一擊即中，慢慢嚟，唔好太 chur。

> 可以親手 DIY 啲嘢送俾佢（可以係嘢食或者鎖匙扣、散紙包之類）

> 可以約佢去二人世界（睇戲、食飯、搵間少人嘅 café 坐低 deep talk 吓）

> INFJ 少外協（外貌協會），所以見佢之前執靚啲。

INFP

難追指數 3/5 ● ● ● ○ ○

原因：

雖然一個比較內向保守，一個比較外向開放，但大家都對情感敏感，所以只要搵到大家都適合嘅溝通相處模式，自然可以組成一對互補組合。

同樣對於信念同價值觀都非常堅定

可以分享彼此嘅創造力同熱情嘅同道中人

有咩方法可以吸引到佢（INFP）？

一齊去睇鬼片或者鬼屋👻，唔驚都要扮驚，俾機會佢保護你。

Keep 住一齊去玩大家共同興趣或者活動

花式（用唔同方式）向佢表示佢喺你心目中嘅重要性同地位

最夾人格
TOP 3 **ENTJ**

難追指數 2/5 ● ● ○ ○ ○

原因：

行事果斷、有領導能力嘅 ENTJ 可以為 ENFP 提供明確目標同方向。

性格互補：ENFP 嘅溫柔情感；ENTJ 嘅決策領導能力。

同樣熱衷追求夢想

有咩方法可以吸引到佢（ENTJ）？

如果感覺好 kick，可以俾啲時間同空間大家，唔好 chur 佢。

ENTJ 係需要氹，親手整嘅曲奇🍪或朱古力◆俾佢。

如果有意見，要即時解決，直接同佢講，唔好收收埋埋。

約佢一齊去睇紀錄片（嘢食／旅遊）或者歷史博物館

原因：

在爭論嘅時候，大家著眼點唔同會導致「剪不斷，理還亂」。

一個對事，一個對人（情感方面），好難互相理解。

重視情感嘅 ENFP 會覺得客觀理性嘅 INTJ 好冷漠

無論 INTJ 出動 Plan A、Plan B 或者 Plan C 都好，一律無視，唔好解釋咁多。

拒絕 INTJ 嘅方法：

最驚失人格 TOP 3　ISTJ

原因：

冰與火嘅組合：一個重視實際和穩定；一個熱愛創造和自由。

性格不合導致兩者搵唔到相處嘅平衡點，更理解唔到對方。

拒絕 ISTJ 嘅方法：

可以同佢保持距離，避免佢過度自我 FF。

當佢向你表白嘅時候，直接認真拒絕佢，唔好俾佢扯開話題，佢唔接受的話，唔需要解釋咁多，繼續保持距離。

最唔夾人格 TOP 3 ISTP

原因：

兩個人好難喺價值觀同情緒表達方面達成一致

拒絕 ISTP 嘅方法：

一開始就明確拒絕佢，無視佢，然後俾時間沖淡一切。

MBTI 稀有度排名：第 14 位（佔 11.6 %）

ISTJ 物流師

ISTJ

戀愛腦指數

1/10

ISTJ 為人比較正直忠誠、務實、說話算數、亦很尊重規則和傳統。她們也是時間管理大師,追求高質而有規律的生活。「斷捨離」這三個字在其他人眼中是無形的壓力,但在她們眼中只是「A piece of cake」。拖延或者懶惰基本上不存在的。ISTJ 的愛情觀比較實際,不會隨便開展一段關係,因為她們很重視承諾。一但遇到心動的人,她們會先觀察,認定後才會開始。她們都是不懂浪漫,不喜虛偽包裝,喜歡直截了當。

你有幾 ISTJ:

MBTI Test 總分:_____/28

22

16 ←——————→ 28

少 ISTJ　　　普通　　　最典型

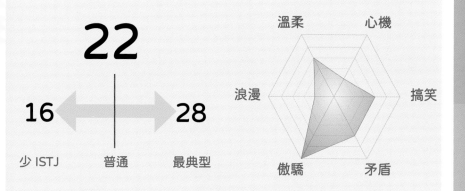

溫柔　　心機
浪漫　　　　　　搞笑
傲嬌　　矛盾

你可能會講：

理論上……

唔係咩?

明明同你講咗

一早都話唔
work 㗎啦

肯定?

唔好遲呀～

再 firm 下

你咁係唔得㗎～

其實你係：

霸道總裁

自帶高冷特質

重感情

原則大過天

愛情忠誠者

完美主義者

行動派

守承諾

韓星代表：

李敏鎬

Sunny（少女時代）

Mark（GOT7）

JAKE（ENHYPEN）

Jisoo Blackpink

我鍾意：

自己下廚煮嘢食（fusion 菜）

自己編織頸巾

Me time 嘅時候睇書

行公園、樹林、海灘

手工藝品（紀念品／古董）

安靜嘅環境

四周圍食好西，欣賞美食背後嘅故事。

重質不重量

最夾人格 TOP 3 ESFP

難追指數 1/5 ● ○ ○ ○ ○

原因：

充滿童心嘅 ESFP 能夠令 ISTJ 時刻保持活力

真心待人嘅 ESFP 能夠幫助 ISTJ 釋放壓力同情緒

彼此性格互相吸引互補：有計劃、愛奮鬥 嘅 ISTJ；有同理心、隨和嘅 ESFP。

有咩方法可以吸引到佢（ESFP）？

嘗試吓約佢一齊去啲比較熱鬧嘅 party（例如演唱會）

室內 war game、密室逃脫 等等都係唔錯嘅選擇。

如果夠勇，可以約佢一齊去長洲西園玩 歷奇活動（樹頂走廊、繩網陣）。

一齊去參加夏日水上活動或者 冬季聖誕 party

最夾人格 TOP 3 ESFJ

難追指數 1/5 ● ○ ○ ○ ○

原因：

ESFJ 嘅內向同情感導向可以互補 ISTJ 嘅內向同實際性格

價值觀（例如重承諾）同目標都相似

少數可以同 ISTJ 完美溝通嘅人格

同樣注重規劃同執行

有咩方法可以吸引到佢（ESFJ）？

要融入佢個朋友圈子，叫埋你最 close 嘅 friend 一齊多啲 join 佢（ESFJ）同佢啲朋友搞嘅活動。

對住佢要禮貌、體貼、同理心，呢三重奏係走唔甩。

平時唔好喺佢面前放太多負能量，少啲批評其他人。

用行動表示，例如多啲讚佢、支持佢、陪佢過生日、重要節日一齊過等等。

最夾人格 **ISFJ**
TOP 3

難追指數 1/5 ● ○ ○ ○ ○

原因：

ISFJ 嘅情感導向可以平衡到 ISTJ 嘅思考導向，為大家之間帶嚟關懷和溫暖。

有共同核心價值觀，例如重視家庭和傳統。

同樣重視日常生活同有條理

有咩方法可以吸引到佢（ISFJ）？

避免喺佢朋友面前落佢面，例如講佢啲衰嘢或者瘀嘢出嚟。

佢有少少潔癖，所以每次見佢之前執乾淨啲個人。

可以約佢去一間佢鍾意食嘅餐廳過二人世界

對住佢唔好太強勢，多啲關心佢。

原因：

兩者喺價值觀同情感表達方面都夾唔到：ISTJ 比較嚴謹、注重細節；INFJ 比較敏感、注重情感。

兩者都係屬於「孤獨邊緣人」，但大家都睇唔慣對方嘅理性同感性。

ISTJ 會覺得 INFJ 諗法不切實際；INFJ 會覺得 ISTJ 固執。

拒絕 INFJ 嘅方法：

INFJ 本身對情感都比較敏感，同自尊心有點強，所以想無手尾，就最好私底下拒絕人。

一般 INFJ 嘅人係唔會死纏爛打，如果有，繼續用冷淡加保持距離嘅方法對佢就 OK。

INFJ 對人嘅情感比較敏感，你只要對佢保持冷淡，佢自己會 get 到你對佢無意思。

最唔夾人格 TOP 3 ENFP

原因：

性格完全相反，水火不容嘅組合：ENFP 鍾意隨心所欲，討厭被安排；ISTJ 鍾意預早 plan 好，跟規矩做嘢。

熱愛自由隨意嘅 ENFP 同踏實跟規矩做嘢嘅 ISTJ 天生就難以互相理解

ISTJ 會覺得 ENFP 做嘢好隨便；ENFP 會覺得 ISTJ 好無聊。

拒絕 ENFP 嘅方法：

ENFP 分享慾爆棚，所以你如果對佢無意思，就唔好俾太多回應佢，令佢誤會。

ENFP 份人比較「金魚記憶」，所以拒絕佢要速戰速決，長痛不如短痛，佢會好快唔記得。

原因：

兩者因性格而難以理解同溝通

兩者擁有截然不同嘅宇宙觀：傾向現實與責任嘅 ISTJ；太 chill 愛幻想嘅 INFP。

對於 INFP 嘅滿滿情緒嘅價值，ISTJ 會選擇敷衍了事。

拒絕 INFP 嘅方法：

INFP 有時鍾意胡思亂想同蒙混過關，所以拒絕佢嘅時候要認真。

私底下直接了當拒絕佢

MBTI 稀有度排名：第16位（佔 13.8 %）

ISFJ 守衛者

ISFJ

戀愛腦指數

10/10

性格簡介

ISFJ 盛產暖男暖女，一說到她們，就會聯想起體貼關懷、忠誠、善解人意、富同理心和極其可靠。她們在你身邊就像一個小太陽一樣，溫暖又窩心，隨時照顧到你的情緒和狀況。相比多變和新鮮感，她們更傾向於有規律性的事物和習慣，例如喜歡的食物會一直食，固定時間做相同的事而偏偏不會感到厭倦，非常專一。她們不擅長亦不喜歡吵架，性格被動又帶一點點社恐。所以相比起戶外舉辦的熱鬧派對，會更喜歡室內只有三兩個熟人的 deep talk。

你有幾 ISFJ：

MBTI Test 總分：_____/28

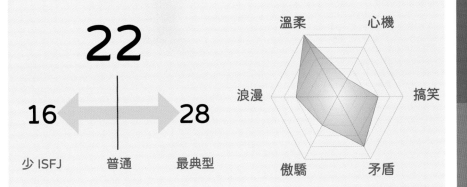

22

16 ←→ 28

少 ISFJ　　普通　　最典型

溫柔　心機　搞笑　矛盾　傲嬌　浪漫

你可能會講：

你係唔係嬲咗我？

無意見～

算啦～就咁啦～

你係唔係唔鍾意我？

我明呀～

Thanks!

唉～好攰～

唔緊要～再諗辦法～

其實你係：

念舊

習慣性忽略自己感受

最唔鍾意鬧交

家庭放喺第一位

心軟唔識拒絕人

注重儀式感

善解人意

暗戀型選手

韓星代表：

演飛 (SEVENTEEN)

多賢 (TWICE)

Wendy (Red Velvet)

朴珍榮 (GOT7)

我鍾意：

接受大自然（行郊野公園或者動植物公園）

聽比較懷舊或者古典音樂

睇感動嘅電影

邀請朋友試新菜式同分享自己嘅故事

煮嘢食（融合傳統同創意料理）

郊外野餐

整手工藝製作（織冷衫頸巾、整陶瓷、香薰蠟燭等等）

做義工幫助弱勢社群

最夾人格 TOP 3 ESFP

難追指數 1/5 ● ○ ○ ○ ○

原因：

善於交際嘅 ESFP 能夠察覺到 ISFJ 內心嘅敏感

ESFP 能夠擴闊 ISFJ 嘅視野同嘗試新事物

非常和諧匹配互補嘅組合：ESFP 充滿活力、開朗，是快樂營造者；ISFJ 帶來無微不至嘅照顧同關注，可以紓緩外部種種壓力。

有咩方法可以吸引到佢（ESFP）？

嘗試吓陪佢去啲比較熱鬧嘅活動（例如新年倒數活動）

一齊去挑戰吓啲歷奇活動（例如繩網陣）

室內小型賽車場都係一個唔錯嘅刺激活動

ESFJ

難追指數 1/5 ● ○ ○ ○ ○

原因：

ESFJ 嘅社交能力同關懷可以同 ISFJ 嘅細心實際相輔相成

一樣都係重視傳統價值觀

兩者都係重視家庭觀念

要融入佢個朋友圈，佢去邊，你跟佢去邊玩，鍾意嘅可以帶埋你朋友去。

行動最實際，大時大節可以同佢一齊過。

少啲批評佢，多啲讚佢。

吸引到佢 (ESFJ)？有咩方法可以

最夾人格 TOP 3　ESTP

難追指數 3/5 ●●● ○ ○

原因：

ESTP 可以為 ISFJ 生活中帶來小驚喜，例如為佢準備一個浪漫燭光晚餐。

最默契嘅伴侶：一樣都係熱愛生活，善於發現生活中美好嘅時刻。

ISFJ 欣賞 ESTP 嘅灑脫、隨性同善良。

有咩方法可以吸引到佢（ESTP）？

要好好裝扮自己去迎合外貌協會嘅 ESTP

邀請佢一齊去貓 café tea 吓

約佢一齊去迪士尼玩機動遊戲

原因：

兩者價值觀、生活習慣、對事物理解相差太大，難以相處。

一個注重實際；一個睇重思想，好難深層次交流。

ISFJ 難以理解 INTJ 內心真正嘅情緒

拒絕 INTJ 嘅方法：

直接、認真、決絕、堅持咁拒絕佢。

一直同佢保持距離

態度要冷淡，唔好俾錯 signal 佢，令佢誤會。

最唔夾人格 ENTJ
TOP 3

原因：

ENTJ 注重邏輯效率；ISFJ 注重情感和諧・兩者之間好難取得平衡。

對情感相對敏感嘅 ISFJ 好難喺 ENTJ 身上獲得情感上嘅滿足

ENTJ 比較慢熱・對 ISFJ 樂於不斷付出亦係一種折磨。

對住佢要 cool 啲・冷淡啲・ENTJ 會知難而退。

假如佢真係向你表白・你可以直接 say no。

拒絕 ENTJ 嘅方法：

原因：

ISFJ 注重務實：INFP 注重感情。

當遇到問題，兩者都會傾向逃避而解決唔到問題。

INFP 嘅天馬行空對於 ISFJ 嚟講係難以理解

拒絕 INFP 嘅方法：

拒絕嘅時候態度要認真

私底下直接了當拒絕佢

MBTI 稀有度排名：第 12 位（佔 8.7 %）

ESTJ 總經理

戀愛腦指數

 5/10

性格簡介

ESTJ 的特質就是領導能力強，做事果斷，善於交際，性格急躁，喜歡強辯，重視承諾和責任感非常強。在感情中，她們會是比較傳統和可靠的戀人。相比速食快閃的愛情，更相信細水長流的感情。雖然有時會讓另一半覺得太理性而不夠浪漫，但仍願意花心機和時間去灌溉她們所認定和選定的感情。

你有幾 ESTJ:

MBTI Test 總分：_____/28

22

16 ⟷ 28

少 ESTJ　　普通　　最典型

溫柔　心機

浪漫　　　　　搞笑

傲驕　矛盾

你可能會講：

搞掂你自己先啦

所以呢？

隨便你點諗

講重點！

關我鬼事

唔好嘥時間

可唔可以實際啲？

其實你係：

控制狂

容易忽冷忽熱（對人）

理性務實派

唔鍾意改變

為人比較強勢

感情主導者

霸氣側漏

容易心軟

韓星代表：

 Jimin (BTS)

 伯賢 (EXO)

 Bambam (GOT7)

我鍾意：

深度遊（發掘一個地方既歷史）

辯論比賽

玩劇本殺

任何策略性遊戲（例如棋類）

最夾人格
TOP 3

ISFP

難追指數 2/5 ● ● ○ ○ ○

原因：

雙方都能夠深入理解對方嘅
情緒並給予支持

互相激勵和互相尊重之下
更能令戀情可以長期保質

ISFP 天生嘅暖男特質能夠深深觸
動到唔太識表達內心情緒嘅 ESTJ

有咩方法可以吸引到佢（ISFP）？

約佢去主題公園玩，食大家
鍾意食嘅嘢，玩大家鍾意
玩嘅機動遊戲。

帶佢去啲有特色嘅地
方打卡影相留紀念

邀請佢一齊參加手工藝製
作班（例如陶瓷製作）

118

ISTP

難追指數 3/5 ● ● ● ○ ○

原因：

雙方都能理解對方嘅喜好同需求，所以當一方唔開心嘅時候，另一方都可以有耐心咁疏導對方情緒。

同樣重視規則、責任心強和有「打不死」精神

一對默契爆燈嘅組合

想追比較自閉嘅 ISTP 係唔容易，一開始需要慢慢融入佢生活圈子，試吓多啲扮偶遇撞吓佢，再慢慢接觸佢。

ISTP 會令你覺得比較冷淡，但只要堅持，一定可以融化佢個心。

ISTP 會比較鍾意戶外活動，可以約佢一齊做運動或者行山。

有咩方法可以吸引到佢 (ISTP)？

最夾人格
TOP 3　INTP

難追指數 3/5 ●　●　●　○　○

原因：

精神層面上嘅靈魂組合

喺多個領域都有相同
嘅興趣同思想

同樣注重邏輯和分析

約佢一齊睇一場懸疑推
理題材嘅電影

邀請佢一齊去做貓貓🐱/
狗狗🐶義工

約佢之前花多少少時
間同心思打扮吓

有咩方法可以
吸引到佢（INTP）？

原因：

天生隨心所欲嘅 ENFP 好難達到 ESTJ 重規則和秩序嘅要求

人生方向同生活差異令佢哋難以維持穩定嘅關係

ESTJ 嘅強硬作風同有敏感情感嘅 ENFP 好唔夾

拒絕 ENFP 嘅方法：

對於 ENFP 同你嘅分享，一律可以用漠視或者冷淡去回應。

如果同你表白，可以直接 say no。

最唔夾人格
TOP 3　INFJ

原因：

注重當下嘅 ESTJ 同鍾意計劃未來嘅 INFJ 未能達到共識

ESTJ 覺得 INFJ 太理想化；INFJ 覺得 ESTJ 格局太細、太按部就班。

兩者嘅價值觀同生活方式令大家都難以理解對方

拒絕 INFJ 嘅方法：

INFJ 對情感比較敏感，只要你對佢冷淡啲或者保持距離，佢自然明白你對佢無興趣。

INFJ 好鍾意幫人，如無必要，盡量唔好接受對方好意，令佢誤會。

原因：

ESTJ 注重客觀事實和邏輯推理；
INFP 注重情感和理解。

ESTJ 重視目標、規劃性和明確性；INFP 傾向關於自由度、靈活性和表現性。

被認為係控制狂嘅 ESTJ 好容易會同難以嚴格遵從規則做嘅野 INFP 發生衝突

認真私底下拒絕
佢就可以

拒絕 INFP 嘅方法：

ESFJ 執政官

MBTI 稀有度排名：第 15 位（佔 12.3 %）

ESFJ

戀愛腦指數

 ————————————

10/10

ESFJ 討厭與人起衝突，喜歡從幫助別人中獲得滿足感，但又因為不懂得拒絕別人而導致自己經常吃虧。她們其實頗擅長社交，也容易與人友好地相處，皆因心思細膩的她們會留意聊天中得小細節，從而可以成為其他人眼中很受歡迎的聆聽者。重視和諧和尊重，又擅長付出的 ESFJ 是其他人眼中的開心果，也是異性眼中的「蘋果」"the apple of my eye"。

你有幾 ESFJ:

MBTI Test 總分：_____/28

22

16 ←→ 28

少 ESFJ　　普通　　最典型

溫柔　心機

浪漫　　　　搞笑

傲驕　　矛盾

125

你可能會講：

Thanks !

你話事～

可以呀～

我同你講

唔使驚～

我陪你～

吓？真咩？

其實你係：

唔太自信

內心敏感（高敏族）

容易心軟

唔擅長 say no

重視回應

和平主義者

治癒系戀人

容易受傷的女仔

韓星代表：

朴覓劍

圭賢 (Super Junior)

黃旼炫 (NU'EST)

我鍾意：

參加社區活動
（例如義工）

去高級餐廳食飯

重視大時大節

追浪漫喜劇

有儀式感

睇八卦新聞

享受屬於自己
的假期

最夾人格
TOP 3　**ISFJ**

難追指數 1/5 ● ○ ○ ○ ○

原因：

雙方都重視家庭、規律和條理。

一樣對愛情忠誠

同樣重視和諧氣氛

一餐氣氛好好嘅晚餐，二人世界，會令你哋發展更進一步。

盡量保持自己嘅個人衞生，因為 ISFJ 有少潔癖。

如果對佢有意見，盡量唔好喺佢朋友面前質疑佢。

有咩方法可以吸引到佢（ISFJ）？

最夾人格 TOP 3 ENFJ

難追指數 2/5 ●● ○ ○ ○

原因：

兩個都係擅於溝通、識關心人、情感豐富，有助建立深厚感情。

雙方都傾向避免衝突，一齊營造和諧嘅氣氛解決問題。

有共同嘅思考模式和同理心

有咩方法可以吸引到佢（ENFJ）？

遇到問題要搵佢幫手，激發佢對你嘅保護慾。

得閒約佢去 café 或者餐廳 tea 吓 deep talk 吓

同佢一齊去參加啲藝術工作坊

佢係鍾意人讚，尤其佢有好感嘅人。

最夾人格
TOP 3　ISFP

難追指數 2/5 ●　●　○　○　○

原因：

兩者都會創造和非常享受溫馨
和諧嘅相處氣氛

ISFP 能夠勝任 ESFJ 嘅情緒疏
導者，令對方情緒可以好穩定。

生活方式和思維模式都好接近

有咩方法可以
吸引到佢（ISFP）？

約佢去啲有特色或歷史價值嘅地
方深度遊兼一齊打卡影相

邀請佢一齊參加大家都
有興趣嘅手工藝班

帶佢一齊去食唔同特
色好食嘅餐廳

原因：

ENTP 覺得 ESFJ 長氣：ESFJ 又需要理解 ENTP 嘅精神世界。

兩者擁有截然不同和難以磨合嘅觀念同性格

ENTP 好難俾到 ESFJ 肯定和讚賞

拒絕 ENTP 嘅方法：

ENTP 會成日以為自己搞 gag 好好笑，但只要你唔笑，自然會令佢自閉。

ENTP 亦容易同人鬧交，所以對住佢惜字如金、冷淡或者零反應就 OK。

佢哋有時諗嘢會好自戀和天馬行空，無視佢係你最好嘅選擇。

最唔夾人格 TOP 3　INTJ

原因：

兩者擁有唔同嘅目標和動機，容易造成衝突。

情感太直接嘅 ESFJ 好難同 INTJ 有好和諧嘅相處方式

直覺系嘅 INTJ 無法理解實感系嘅 ESFJ

拒絕 INTJ 嘅方法：

態度同語氣要冷淡，唔好太熱情。

同佢保持距離，唔好太 close。

當需要嘅時候，要認真、直接、肯定咁拒絕佢。

原因：

ESFJ 會覺得 INTP 冷漠又疏遠；INTP 會覺得 ESFJ 太情緒化。

INTP 比較內向和重視邏輯；ESFJ 比較外向直接和同人 social。

INTP 渴望自主獨立；ESFJ 渴望依賴和多啲聯繫。

拒絕 INTP 嘅方法：

INTP 容量自我 FF（活喺佢嘅世界），所以有需要就認真啲拒絕，say 完 no 就唔好再有接觸和聯絡。

INTP 嘅糾纏能力好強，所以千祈唔好對佢做多啲嘢，盡量同佢保持距離。

盡量唔好接受佢嘅禮物同幫助，亦唔好對佢太 nice。

ISTP 鑑賞家

ISTP

戀愛腦指數

1/10

性格簡介

ISTP 重視邏輯，又有冒險精神，喜歡身處節奏快又刺激的活動當中。她們適應能力強，很容易就在環境中找到合適自己的定位和角色。她們奇心很強，經常有即興的約會和活動，但卻因三分鐘熱度，最後都不了了之，典型的「未開始，已結束」。或者這就是她們任性的一面吧，所以很容易造成反差萌。愛情方面，她們給人的印象是溫柔但疏離，安靜而不高冷，樂觀又充滿活力和熱愛自由和獨立。沒有腳的雀仔的她們需要極大的獨立空間，不要嘗試束縛她們。

你有幾 ISTP:

MBTI Test 總分：_____/28

22

16 ⟷ 28

少 ISTP　　普通　　最典型

溫柔　心機　搞笑　矛盾　傲驕　浪漫

你可能會講：

笑死～（Siu4）　　哦～　　隨便啦～

都可以呀～　　無所謂～　　唔知0呀～

關我_事！　　好煩呀～唔好煩我～

其實你係：

反差萌　　　　拍拖只為開心

懶得溝通　　　重視第一直覺

桃花多　　　　三分鐘熱度

任性　　　　　好奇寶寶

韓星代表：

魏振青

Suga（BTS）

秀英（少女時代）

我鍾意：

戶外活動

野外露營🏕️

玩歷奇活動

陽光與海灘🌞

踩單車🚴

行山

最夾人格
TOP 3 **ESFJ**

難追指數 1/5 ● ○ ○ ○ ○

原因：

情感上・ESFJ 樂於提供・ISTP 又樂於接受・亦給予到 ISTP 安全感。

ESFJ 理解 ISTP 嘅我行我素・尊重佢有自己嘅私人空間。

ESFJ 亦被 ISTP 嘅神秘低調氣質所吸引

有咩方法可以吸引到佢（ESFJ）？

當佢同埋佢朋友去玩・你都拉埋你最 close 嘅朋友去 join 佢哋玩。

大節日或者佢生日・盡量約佢一齊過。

佢係需要你嘅關心同支持・而唔係分析同批評。

138

難追指數 4/5 ● ● ● ● ○

原因：

ISTP 可以喺 ESTJ 身上學到計劃和高效率嘅處事方式

兩個人都鍾意用鬥嘴嘅方式令感情升溫

兩個人都係講邏輯，容易喺處理事情上達成一致。

有咩方法可以吸引到佢（ESTJ）？

遇到問題要搵佢幫手，激發佢對你嘅保護慾。

得閒約佢去 café 或者餐廳 tea 吓 deep talk 吓

同佢一齊去參加啲藝術工作坊

佢係鍾意人讚，尤其佢有好感嘅人。

最夾人格 TOP 3 ENTJ

難追指數 2/5 ●●○○○

原因：

內斂平和嘅 ISTP 同坦誠果斷嘅 ENTJ 可以組成完美平衡嘅組合

兩者都欣賞對方嘅特質，亦會嘗試同自己唔同嘅生活軌跡，例如興趣。

雙方都會較容易明白對方嘅心意

有咩方法可以吸引到佢（ENTJ）？

佢好需要私人空間，所以唔急得，要慢慢嚟。

為左展示出來嘅誠意，學整蛋糕俾佢食啦。

約佢一齊去美食節或者睇 M+ 博物館

原因：

ISTP 傾向獨自處理問題：ENFP 鍾意通過互動解決問題。

兩者一但發生矛盾，好難喺價值觀和情緒表達上達成一致。

過度情緒化和太理想化嘅 ENFP 會令注重穩定嘅 ISTP 感到唔適應和不知所措。

拒絕 ENFP 嘅方法：

對於 ENFP 嘅熱情，一律用冷淡、零興趣嘅方式去回應。

任何送禮物或者邀請都應該拒絕，唔好令佢覺得自己有機會。

和你表白可以直接 say no，唔好拖得就拖。

最唔夾人格
TOP 3　INFJ

原因：

ISTP 唔理解 INFJ 嘅理想主義，會覺得好難溝通。

ISTP 無論對人對事，甚至係感情都係好貼地，諗到會即刻去做，反而會覺得 INFJ 太過深思熟慮，太無意義。

ISTP 會覺得 INFJ 太感情用事，處事方式經常將情感放喺第一位。

INFJ 好鍾意 Take care 人，盡量禮貌地拒絕佢關心你嘅好意。

惜字如金

嘗試做吓話題終結者

拒絕 INFJ 嘅方法：

原因：

ISTP 注重實際、獨立、傳統；
ENFJ 注重深厚感情、敏感情緒。

因思想唔啱 channel，導致無法溝通和理解彼此想法和觀點。

更加無法進行深度嘅討論去處理大家之間嘅問題。

ENFJ 有時講嘢未必真心，所以唔好太認真。

最好嘅辦法係當佢透明

拒絕佢嘅時候需要直接啲，事後唔使聽佢講太多廢話。

拒絕 ENFJ 嘅方法：

MBTI 稀有度排名：第13位（佔 8.8 ％）

ISFP 探險家

ISFP

戀愛腦指數

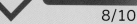

8/10

性格簡介

「活在當下」是 ISFP 一的生寫照。ISFP 可以算是最「貼地」的一群人，她們及時行樂，享受生活中的各種刺激好玩的體驗。因為比較自我，不容易被人理解。優柔寡斷的性格令她們順利成章地榮登懶癌與拖延症排行榜前列位置。ISFP 的妹子比較感性（不是性感，別看錯），因此很容易被戀愛腦佔據而衝動誤墜各種愛情大坑。別人都挖好坑了，她們仍會毫不猶豫地跳進去。或者有時缺點也是一種優點吧，證明她們是真的過於天然和溫和，不是扮的！

你有幾 ISTP:

MBTI Test 總分：＿＿＿＿/28

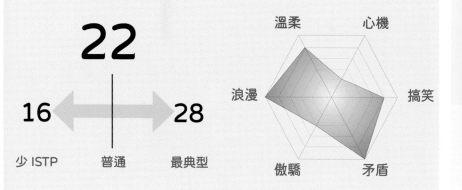

22

16 ←→ 28

少 ISTP　　　普通　　　最典型

溫柔　心機
浪漫　搞笑
傲驕　矛盾

你可能會講：

好無聊呀～

隨便

無所謂啦

好_劫呀～

Who care?

都可以

遲啲先啦

到時再算啦

其實你係：

末期懶癌

最憎被人命令同控制

嚴重拖延症

佛系代表

宅女

只對自己嘅嘢上心

藝術家氣質

高敏族

韓星代表：

俞承豪

柾國（BTS）

周子瑜（TWICE）

我鍾意：

周圍影相打卡📷　　刺激活動（機動遊戲）

去未去過嘅地方旅行🧳　　做瑜伽

參觀畫廊　　睇藝術展　　繪畫🎨🖼️

買衫扮靚　　手工藝（藝術設計：陶藝）

147

最夾人格 TOP 3 ENFJ

難追指數 2/5 ● ● ○ ○ ○

原因：

兩者因為性格互補，最容易做到融洽相處。

ISFP 比較敏感和感性，願意付出和好強同理心，配合 ENFJ 積極樂觀嘅性格，容易令愛情開花結果。

ENFJ 嘅無私包容，更容易令敏感嘅 ISFP 有勇氣自我表達。

有咩方法可以吸引到佢（ENFJ）？

盡量俾 ENFJ 幫你

多啲讚佢，令佢更有滿足感。

多啲創造同佢二人世界嘅機會，例如一齊去上唔同嘅興趣班。

難追指數 4/5 ● ● ● ● ○

原因：

ESTJ 好識照顧人，可以好好地合理規劃和安排 ISFP 嘅日常生活。

ESTJ 可以好好彌補到 ISFP 缺乏自制力不足嘅問題

兩者都能夠深度理解對方嘅情緒和給予支持

有咩方法可以吸引到佢（ESTJ）？

ESTJ 有少潔癖，所以你平時都要注意衛生同儀容。

衝動是魔鬼，就算平時喺某個問題上幾唔 buy 佢都好，都盡量唔好駁佢嘴。

來自其他人嘅認同會帶俾 ESTJ 滿足感，所以你要識做呢。

ESTJ 成日都忙嚟忙去，所以一有機會，記得約佢出嚟食飯傾吓偈 relax 吓。

最夾人格
TOP 3

ESFJ

難追指數 1/5 ● ○ ○ ○ ○ ○

原因：

生活方式和思維模式非常夾

ISFP 和 ESFJ 可以共同創造溫馨和諧嘅相處和溝通模式

ESFJ 亦可以有效疏導 ISFP 嘅情緒

有咩方法可以吸引到佢 (ESFJ) ？

識得滲入佢身邊識嘅同熟嘅朋友自然會容易得到 ESFJ 嘅認同。

為左展示出來嘅誠意，學整蛋糕俾佢食啦。

溫柔體貼同多啲企喺佢角度出發去諗嘢，呢招應該係你嘅必殺技。

最唔夾人格 TOP 3 INTJ

原因：

因為思維模式容易出現分歧，所以 ISFP 好難捉摸到 INTJ 嘅精神世界。

INTJ 會覺得 ISFP 太優柔寡斷，好難有共鳴。

ISFP 覺得 INTJ 有時講嘅太直太傷人

拒絕 INTJ 嘅方法：

INTJ 比較固執，所以避免試圖去解釋俾佢聽。

直接拒絕佢，要認真，唔好留低任何機會令佢誤會可以繼續追你。

態度要決絕

最唔夾人格 TOP 3 INFJ

原因：

ISFP 覺得 INFJ 有時唔太想表達內心真正感受，容易有距離感。

雖然兩者都有細膩嘅情感，但雙方嘅追求都唔同。

一個有遠見，一個享受當下，好難啱 channel。

拒絕 INFJ 嘅方法：

INFJ 好敏感，只要冷淡啲對佢，佢好容易會 get 到你嘅意思。

盡量避免俾機會佢幫你

同佢傾偈，一句起，兩句止。

原因：

> INTP 注重分析同結果：ISFP 優先注重其他人嘅情感需求。

> 愛情方面，INTP 更注重智慧邏輯：ISFP 優先情感處理和共享價值觀。

> INTP 難以表達佢嘅感受和情緒：而 ISFP 又會因此而誤會，從而又有可能有第二次衝突。

拒絕 INTP 嘅方法：

> 同 INTP 保持適當距離係最明智嘅做法

> 避免接近佢嘅任何邀約、禮物或者幫助。

> 直接拒絕完佢之後可以同佢徹底零溝通，零接觸。

MBTI 稀有度排名：第 8 位（佔 4.5 %）

ESTP（企業家）

ESTP

戀愛腦指數

5/10

ESTP 不喜歡生活一成不變，渴望從日常中尋找新刺激。她們也是百分之百的行動派，即使在行動中出現失誤，也能根據實際情況快速找到方法修正過來，頗有急才。可惜，衝動的性格，也有令她們容易顧此失彼，導致種種不可預測的風險和後果。性格率直豁達，嚮往自由自在，討厭被束縛的 ESTP 更不喜遵守各種規則。但也因為這種性格，她們往往就是朋友間的驚喜製造者和氣氛炒作者。

你有幾 ISTP:

MBTI Test 總分：_____/28

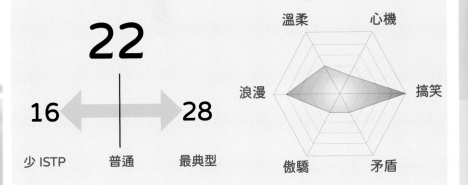

22

16 ⟷ 28

少 ISTP　　普通　　最典型

溫柔　　心機

浪漫　　　　搞笑

傲驕　　矛盾

你可能會講：

唐好意思～

去邊度玩？

無理我～

唔關我事

Let's do it！

我唔信囉～

關你咩事？

Come on ～

其實你係：

隨遇而安

自己開心好重要

鍾意新鮮感

自由的風

不將就

嚴重拖延症

心直口快

控制狂

韓星代表：

Key (SHINee)
鄭成燦 (NCT)
宋旻浩 (Winner)
太顯 (TXT)

我鍾意：

玩刺激機動遊戲　玩笨豬跳　激流泛舟

Halloween 玩鬼屋🎃👻🧛

去溜冰場溜冰

精心策劃愚人節惡作劇玩朋友

玩水 Games（例如擲水球）

室內小型賽車🏎

最夾人格 TOP 3 ISFJ

難追指數 1/5 ● ○ ○ ○ ○

原因：

ISFJ 嘅穩定和包容可以平衡 ESTP 嘅冒險精神

ISFJ 細心細膩嘅性格亦可以彌補 ESTP 欠缺考慮嘅行為

ESTP 嘅活力亦可以幫助 ISFJ 走出佢嘅 comfort zone

有咩方法可以吸引到佢（ISFJ）？

有咩異議，私底下同佢講。

約佢出街前要執執自己，乾淨最緊要。

搵間靜少少，有氣氛嘅餐廳，然後約佢食飯。

最夾人格 TOP 3　ESTJ

難追指數 4/5 ● ● ● ● ○

原因：

性格好夾：一個管理能力超強：一個精力充沛。

兩個都係準備行動派，好容易就會打成一片。

同樣充滿能量和容易建立信任可以令兩者交流之間提升雙方嘅思維能力

有咩方法可以吸引到佢（ESTJ）？

需要注意自己嘅儀容，除咗打扮，亦要乾淨。

你本身已經係比較衝動，所以更加要識控制自己情緒，就算有啲問題無共識，都盡量唔好先直接反駁佢。

ESTJ 嘅滿足感係來自其他人嘅認同，所以有機會可以多啲讚佢。

約佢去睇一套懸疑推理嘅電影

最夾人格 TOP 3 ESTP

難追指數 3/5 ●　●　●　○　○

原因：

一樣都係 ESTP 嘅組合一定唔會無聊，隨時隨地都充滿新鮮感。

同樣性格外向，天生愛浪漫。

充滿活力嘅組合可以令雙方更容易出現極大嘅熱情。

有咩方法可以吸引到佢（ESTP）？

對付外協嘅 ESTP，當然要事前好好裝扮自己啦～

相比正式嘅浪漫餐廳，類似喵 café 之類比較 warm 嘅餐廳會更適合你嘅初次 gathering。

再熟啲嘅咪可以約佢去迪迪尼或者海洋公園玩

原因：

ESTP 傾向享受現在而不計劃將來：ENFJ 偏向於計劃和建立主觀的感情關係。

在對穩定關係和未來生活上存在分歧

難以建立長遠的伴侶關係

拒絕 ENFJ 嘅方法：

ENFJ 有時會講好多好說話，但未必係真心，所以唔好太認真。

只要保持距離，無視佢講嘅嘢就 OK。

拒絕佢之後唔使同佢解釋太多，重複第 2 步驟就 OK。

最唔夾人格
TOP 3　INFJ

原
因
：

完全相反，水火不容的組合。

過份主動嘅 ESTP 會令
INFJ 感到私隱被侵犯

一個極度無聊；另一個又過於幻想，
事無大小都容易產生矛盾和不理解。

冷淡啲對佢，同佢保持距離，
佢會明你意思。

盡量避免 INFJ 和你獻殷勤

對人無意思就盡量避免一切嘅接觸

拒
絕
INFJ
嘅
方
法
：

最唔夾人格 TOP 3 INTP

原因：

熱情開朗又有強烈社交需求嘅 ESTP 好難進入抗拒分享自身情緒嘅 INFP 內心世界

性格反差極大嘅雙方會發現越嚟越難理解對方

INFP 會覺得 ESTP 性格好奇怪而令自身情感搵唔到落腳點，時間長嘅會令 ESTP 覺得煩躁同無耐性，形成一個惡性循環。

拒絕 INTP 嘅方法：

盡量唔好喺其他人面前拒絕佢，私底下解決。

ESFP（ 表演者 ）

ESFP

戀愛腦指數

10/10

性格簡介

提到 ESFP，會令人想起感性豐富、感情用事、擅於交際、總是有給身邊的人無限歡樂。不過她們的確是朋友之間的開心果。注重外表的 ESFP 對自己或他人的穿著和打扮都有很高的要求，比較享受物質娛樂。熱情主動的她們會因風趣幽默的性格，經常成為大家之間的焦點。雖然她們嚮往自由，但仍渴望有一段刻骨銘心的愛情。因此，有時候在一段關係中，會不知不覺地太投入，希望成為伴侶心中的第一位，但有時又會令人覺得她們太黏人。

你有幾 ISTP:

MBTI Test 總分：＿＿＿＿＿/28

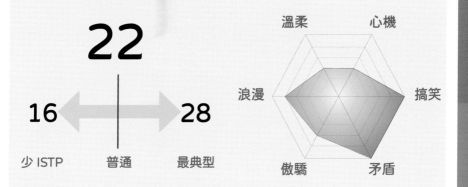

22

16 ⟷ 28

少 ISTP　　普通　　最典型

溫柔　心機

浪漫　　　　搞笑

傲驕　矛盾

你可能會講：

唐好意思～

去邊度玩？

預埋我～

最憎數學～

人多好玩啲～

好悶～好無聊～

真～

sor～我唔記得咗～

其實你係：

戀愛節奏快

樂天主義

逃避型人格

我行我素

開心果

細路仔脾氣

情緒化

無耐性

韓星代表：

RAIN
志效 (TWICE)
潤娥 (少女時代)
勝寬 (SEVENTEEN)

我鍾意：

同朋友開 party

食盡各國美食

約成班朋友去旅行 /camp

跳舞（芭蕾舞 / HIPHOP）🕺

玩音樂・busking（各種樂器🎹）

玩 drama

玩密室逃脫

最夾人格
TOP 3 ISFJ

難追指數 1/5 ● ○ ○ ○ ○

原因：

一對非常和諧的組合

富有魅力又有才華嘅 ISFJ 能夠給予 ESFP 足夠嘅情感支持；有責任心兼隨和嘅 ESFP 能夠察覺到 ISFJ 內心嘅敏感。

雙方都互相具備吸引力，又能夠充分互相理解和滿足對方

唔好喺佢朋友面前講佢壞話

只要做番自己，好好打扮就 OK。

約佢去一間有氣氛，唔需要好貴嘅餐廳食飯。

有咩方法可以吸引到佢（ISFJ）？

ISTJ

難追指數 4/5 ● ● ● ● ○

原因：

有計劃、愛奮鬥嘅 ISTJ 與富同理心又隨和嘅 ESFP 係一對好強嘅互補組合，有天生嘅吸引力。

ESFP 能夠幫助 ISTJ 釋放情緒；ISTJ 嘅理性專注能夠令 ESFP 感到踏實同有安全感。

兩者都關注現實生活體驗和重視個人成長，因此能夠互相支持同鼓勵。

有咩方法可以吸引到佢（ISTJ）？

ISTJ 對感情係比較慢熱，要追佢的話，你需要耐性同比較直接咁表達。

但記得太急太 chur 係會嚇親佢，所以要取個平衡。

先約佢出嚟行吓街、食吓飯，睇大家都有興趣嘅戲先。

溫暖同熱情係成功追到佢嘅兩大元素

最夾人格 TOP 3 ENFJ

難追指數 2/5 ● ● ○ ○ ○

原因：

雙方互相關注同欣賞，尊重彼此興趣和愛好，因此可以好快取悅到雙方。

兩個都係浪漫嘅人，好容易就會互相吸引，並發展出彼此之間嘅浪漫熱情。

當開始關係嘅時候，雙方都會好快放心放低戒備，真誠咁表達自己感情。

有咩方法可以吸引到佢（ENFJ）？

有咩問題可以搵 ENFJ 幫手

再多啲讚佢，令佢有成就感。

之後趁機為咗答謝佢而請佢去一間寧靜又好 feel 嘅餐廳食飯過二人世界

最唔夾人格 TOP 3　ENTJ

原因：

性格上存在非常明顯嘅差異導致難以溝通

雙方喺應對爭執和衝突嘅不同會令正在探討嘅問題不斷惡化

拒絕 ENTJ 嘅方法：

冷漠和無視係拒絕 ENTJ 嘅最好方法

假如佢向你表白，直接拒絕係一勞永逸嘅解決辦法。

最唔夾人格 TOP 3　INFJ

原因：

INFJ 鍾意探究事物嘅本質和意義；ESFP 更注重當下嘅體驗和內心感受。

雙方喺溝通同決策方面容易產生衝突

因為好難理解對方嘅思維模式和世界，所以會缺失互相理解嘅一環。

拒絕 INFJ 嘅方法：

INFJ 對人際關係比較敏感，只要冷淡啲對佢，佢自然會自動放棄。

少啲接受 INFJ 嘅好意

盡量拒收 INFJ 嘅禮物同邀請

最唔夾人格 TOP 3　INTJ

原因：

INTJ 鍾意心靈上嘅深入交流；ESFP 傾向輕鬆玩樂嘅關係。

INTJ 嘅保守謹慎會令 ESFP 覺得佢係諗多咗

INTJ 經常要花時間去冷靜同傾向唔表達自己感受，但咁做會令 ESFP 更容易感到焦急同想放棄。

拒絕 INTJ 嘅方法：

避免同固執嘅 INTJ 糾纏，拒絕完佢之後就唔好再同佢接觸。

拒絕嘅態度要認真和決絕

匯聚光芒，**燃點夢想！**

《MBTI愛情研究所》

系　　　列	：流行文化
作　　　者	：Wing
出 版 人	：Raymond
責 任 編 輯	：Annie、Wing
封 面 設 計	：史迪
內 文 設 計	：史迪
部 份 圖 片	：shutterstock
出　　　版	：火柴頭工作室有限公司 Match Media Ltd.
電　　　郵	：info@matchmediahk.com
發　　　行	：泛華發行代理有限公司
	九龍將軍澳工業邨駿昌街7號 2 樓
承　　　印	：新藝域印刷製作有限公司
	香港柴灣吉勝街45號勝景工業大廈4字樓A室
出 版 日 期	：2024年7月
定　　　價	：HK$98
ISBN	：978-988-70510-8-4
建 議 上 架	：流行文化